D1433932

VRIJE TRAP

Voor Matthijs

Vivian den Hollander

Vrije trap

Met tekeningen van Harmen van Straaten

Van Holkema & Warendorf

Lees ook de andere voetbalboeken
van Vivian den Hollander:
Goal! (Getipt door de Kinderjury)
Aanvallen! (Getipt door de Kinderjury)
Kampioenen (Getipt door de Kinderjury)
Buitenspel (Getipt door de Kinderjury)
Hé, scheids! (Getipt door de Kinderjury)
Mijn eigen voetbalboek
Scoren! (omnibus)

NEDERLANDSE
KINDERJURY
2005

Tweede druk 2004
AVI-niveau: 6
ISBN 90 269 9778 7
NUR 282

© 2004 Uitgeverij Van Holkema & Warendorf,
Unieboek BV, Postbus 97, 3990 DB Houten

www.unieboek.nl
www.viviandenhollander.nl

Tekst: Vivian den Hollander
Tekeningen: Harmen van Straaten
Omslagontwerp: Petra Gerritsen
Opmaak: ZetSpiegel, Best

Inhoud

Bezoek op het veld

'Mam, waar zijn mijn voetbalschoenen?' Tim staat in het schuurtje en zoekt de planken vol spullen af. Woensdag na het trainen heeft hij ze hier toch neergelegd? 'Mam!' roept hij weer.

Zijn moeder hoort hem niet.

Ongerust kijkt Tim op zijn horloge. Vijf over negen. Waarom kan hij zijn schoenen nou niet vinden? Over tien minuten moet hij al in de kantine zijn. Zou hij dat nog halen? Cor, zijn trainer, had juist gezegd dat iedereen die te laat komt, de hele wedstrijd wissel moet zijn.

Gehaast ritst Tim zijn sporttas open. Heeft zijn moeder zijn schoenen er misschien al in gedaan? Er komt van alles tevoorschijn: een blauw shirt, een witte broek, kousen en scheenbeschermers. Geen schoenen.

Tim laat de tas in het schuurtje staan en holt het huis in. 'Má-á-ám!'

Zijn moeder komt de gang in. 'Wat is er? Gaat de wedstrijd niet door?'

'Ik ben mijn voetbalschoenen kwijt. Heb jij ze gezien?'

Tims moeder knikt. 'Ze staan op de plank in de schuur, net als altijd.'

'Nee hoor. Daar heb ik allang gekeken.'

'Toch moeten ze er staan.' Tims moeder loopt mee naar het schuurtje. Ze pakt een stapeltje kranten op en dan ziet Tim zijn schoenen staan.

'Jemig, zeg!' Boos grist hij ze van de plank. 'Vind je het gek dat ik ze niet kon vinden? Wie heeft die kranten er nou op gelegd! Zeker weer een actie van papa.'

Tim schrikt als hij ziet hoe vuil zijn schoenen zijn. Vlug pakt hij een doek en veegt ze schoon. Dan stopt hij ze in zijn tas en holt naar buiten. 'Vraag je of papa straks komt kijken?' roept hij nog.

Zijn moeder lacht. 'Hij staat vast langs de lijn.'

Tim rent door tot bij het clubgebouw van Blauw-Wit. Is hij nog op tijd? Hij ziet dat het kwart over negen is. 'Prima timing,' mompelt hij tevreden.

'Hé Tim! Wacht even.' Samir komt eraan. Hij is de keeper van het team en een van Tims beste vrienden. Hij neemt net de laatste hap van een boterham.

'Te laat je bed uitgegaan?' vraagt Tim grinnikend.

Samir knikt. Samen hollen ze naar de kantine. Daar zitten de andere jongens al te wachten.

'Oké mannen,' zegt de trainer. 'Ik mag het eigenlijk niet zeggen, maar... ik wil jullie even iets belangrijks vertellen.'

Wouter is meteen vol aandacht. 'Denk je dat de tegenpartij te sterk voor ons is? Nou, wees niet bang...'

'En we zullen goed samenspelen,' belooft Willem. 'Vorige week was je toch ook best tevreden?'

Cor knikt. 'Dat was ik zeker. En het is erg belangrijk dat jullie vandaag net zo goed spelen, want...' Hij kijkt de jongens een voor een aan.

Tim schrikt. Wat is er aan de hand? Ze krijgen toch geen andere positie op het veld? Dat zou hij niet leuk vinden. Hij staat het liefst spits.

'Er komt vandaag een scout op bezoek.'

Wouter doet alsof hij van zijn stoel valt. 'Een scout? Je bedoelt zo'n man die kijkt of je talent hebt?'
Cor knikt.
'Yes!' Wouter steekt juichend zijn handen de lucht in. 'Dat is geluk. Kan ik eindelijk ontdekt worden.'
'En anders ik wel,' roept Willem.
Iedereen begint druk door elkaar heen te praten. Tim zegt niet veel. Hij is gek op voetbal en het liefst zou hij later prof-voetballer worden. Toch vindt hij het behoorlijk spannend dat er zo'n scout komt kijken.
Na een paar minuten tikt Cor op de tafel.

'Nu even stil, jongens. Onthou vooral één ding: speel net als anders en maak je niet te druk.'

Cor heeft makkelijk praten, denkt Tim. Samen met Wouter loopt hij naar de kleedkamer. 'Ben jij in vorm vandaag?'

Wouter knikt. 'Ik denk het wel. Jij?'

'Nee, niet echt. Ik heb last van mijn enkel. Ik kan vast niet hard sprinten.'

Maar als de wedstrijd begint, vergeet Tim snel zijn zorgen.

Eén keer kijkt hij naar de mensen langs de lijn. Zou die scout er al zijn? Tim ziet zoveel onbekende gezichten dat hij besluit er verder niet op te letten.

'Zet hem op, Tim!' hoort hij opeens.

Het is Lindsey. Ze staat naast zijn vader langs de lijn. Lindsey speelt bij het meisjesteam van Blauw-Wit en ze zit ook bij Tim in de klas. Hij vindt haar erg aardig.

'Ja Tim, laat zien wat je kunt.' Dat is de stem van zijn vader.

Tim steekt zijn hand op. Daarna let hij alleen nog op het spel. De tegenpartij gaat flink in de aanval.

Samir is meteen klaarwakker. Nerveus springt hij heen en weer in het doel. 'Hou die ballen hier weg,' roept hij.

Gelukkig krijgt Marc de bal te pakken. Marc geeft een lange pass naar Tim, die behendig de bal aanneemt. Snel kijkt hij om zich heen. Naar wie kan hij overspelen? Wouter is nergens te zien. Waarom is hij niet mee naar voren gerend, hij was toch zo goed in vorm vandaag?

Dan besluit Tim zelf in de aanval te gaan. Met de bal aan zijn voet zigzagt hij in de richting van het doel.

'Goed zo, Tim,' gilt Lindsey.

'Schiet die bal erin,' roept Cor.

Tim vergeet zijn zere enkel en passeert twee spelers. Verder is

er geen tegenstander te zien. Nog twee stappen en hij is vlak
bij het doel. Hij haalt uit en... met een grote boog vliegt de bal
over de lat.

Oef, denkt Tim. Hij slaat zijn handen voor zijn ogen en durft
niet om zich heen te kijken. Wat een gemiste kans! En wat
een pech dat die scout er nu net is! Die selectie kan hij wel
vergeten.

Vijf minuten later knalt een speler van de tegenpartij de bal
het doel in. Vlak voordat de rust begint, scoort dezelfde jongen nog een keer. En als het aan het eind van de wedstrijd
drie-nul is, voelt Tim zich helemaal ellendig.

De brief

Een paar dagen later schieten Tim en Samir een balletje over op het trapveldje in de buurt.

'Zullen we nu wat keepertraining doen?' stelt Samir voor. Hij gaat klaarstaan in het doel. 'Begin maar met een paar lage ballen. Die miste ik zaterdag steeds.'

'Je was niet de enige die niet goed speelde,' troost Tim hem. Hij schiet net de bal weg, als Wouter eraan komt.

'Tim en Samir!' Wouters stem klinkt opgewonden en hij wappert met een brief. 'Jullie raden nooit wat voor nieuws ik heb.'

Samir vangt handig de bal en klemt hem onder zijn arm. Dan loopt hij nieuwsgierig op Wouter af. 'Heb je een prijs gewonnen?'

Wouter schudt zijn hoofd. 'Het is iets héél anders.' Hij voert de spanning nog wat op door de brief heel langzaam open te vouwen.

'Schiet eens op,' zegt Samir ongeduldig.

Eindelijk zegt Wouter plechtig: 'Hier staat dat ik uitgenodigd ben om mee te spelen met een selectiewedstrijd. En als ik goed genoeg ben, mag ik door naar het regioteam.'

'Zo. Dat is tof!' Tim kijkt Wouter bewonderend aan.

Wouter knikt. 'Ik zei toch al dat ik talent heb!'

Hij slaat de bal onder Samirs arm vandaan en schiet die trots de lucht in. 'Binnenkort word ik beroemd, let op mijn woorden. Ik ben zo benieuwd wie er nog meer bericht hebben gehad.'

'Ik in ieder geval niet.' Samir grijnst. 'Toen die scout kwam kij-ken, liet ik juist alle ballen door. Mij moeten ze niet hebben.'

'En ik weet ook niks van een brief.' Tim probeert zijn stem onverschillig te laten klinken.

Hij wil niet laten merken dat hij eigenlijk best teleurgesteld is. Hij had het héél gaaf gevonden als die scout hem ook had uit-gekozen. 'Wanneer is die wedstrijd?'

'Volgende week woensdag,' antwoordt Wouter. 'Reken maar dat ik zorg dat ik in vorm ben! Dus eh, kan ik een balletje mee-trappen?'

'Tuurlijk.' Tim pakt de bal van het gras en legt hem voor zijn voet. 'Om de beurt op het doel schieten. En kijken wie de meeste doelpunten maakt.'

'Ik, natuurlijk.' Wouter lacht zelfverzekerd.

Even later wordt er druk gevoetbald. Er wordt niet meer over de selectie gepraat.

Maar bij het avondeten heeft Tim het er wel over. 'Hé pap, weet je wie die scout heeft uitgekozen?'

'Nou?'

'Wouter.'

'Zo, dat is leuk voor hem.'

Tim knikt. 'Hij mag meedoen met een selectiewedstrijd. Goed, hè?'

'Zeker.'

Tim prikt een stukje vlees aan zijn vork. 'Hadden wij eigenlijk post vandaag?'

'Alleen een brief van de bank,' antwoordt zijn moeder. 'Hoezo? Verwacht je iets?'

Tim schudt zijn hoofd en vertelt gauw iets over school.

's Avonds in bed denkt hij weer aan de brief. Die Wouter boft maar!

Jammer dat de scout hem niet heeft uitgekozen. Dat zal wel komen omdat hij zulke blunders maakte tijdens die ene wedstrijd. Toch wil hij nog steeds heel graag profvoetballer worden, want voetballen is het liefste wat hij doet.

Tim ziet zichzelf al over het veld rennen. En opeens heeft hij helemaal geen zin om te gaan slapen. Gevoetbald moet er worden!

Hij stapt uit bed en schuift wat spullen aan de kant. De helikopter van technisch lego staat behoorlijk in de weg en de bureaustoel ook.

Tim probeert zo min mogelijk lawaai te maken. Hij wil niet

dat zijn ouders hem horen. Straks komt zijn moeder nog kijken, en daar heeft hij geen zin in.

Als er genoeg ruimte is, pakt hij zijn witte bal van de plank. Het is een mooie bal met handtekeningen van voetballers erop. Die bal heeft hij van zijn tante gekregen en hij is er erg zuinig op.

Met de bal aan zijn voet dribbelt Tim zijn kamer door. Hij voelt zich net een prof die in het stadion voetbalt.

'En hier, dames en heren,' zegt hij zacht, 'ziet u Tim in actie. Hij is de nieuwste aanwinst van onze club. Let op, wat een talent heeft die jongen. En wat een snelheid. Zie hem rennen over dat veld! Gaat hij scoren?'

Tim let zo op de bal dat hij de sok op de grond niet ziet. Hij stapt erop en... boem! Met een klap komt hij op de gladde vloer terecht.

De bal schiet weg en landt precies op de helikopter. Het lego vliegt de kamer door.

'Au!' kreunt Tim. Hij blijft even liggen. Dat was schrikken! Gelukkig ging hij niet door zijn enkel.

Beneden heeft zijn moeder de klap ook gehoord. 'Tim, wat gebeurt er?'

Tim krabbelt overeind en verstopt gauw de bal. Hij ligt nog maar net in bed, als zijn moeder de kamer in komt.

'Wat was dat nou?' vraagt ze.

'O, niks.' Tim vindt dat zijn moeder veel te bezorgd doet. Hij zal maar niet zeggen dat hij aan het voetballen was. Straks pakt ze zijn bal nog af.

'Niks?' Zijn moeder kijkt zijn kamer rond. 'Ik hoorde toch duidelijk een klap. En waarom ligt dat lego door de kamer?'

'O, er viel een boek van de plank. Ik, eh, ik kon niet slapen en

15

toen wilde ik nog even lezen.' Tim vindt dat hij dat goed ver-
zonnen heeft. Zijn moeder zei pas nog dat hij veel te weinig
leest.

'Goed,' zegt zijn moeder, 'lezen mag nog wel even. Maar niet
te lang, want morgen moet je weer naar school.'

'Ja mam!' Tim pakt snel een boek van de plank. Hij is blij dat
zijn truc is gelukt.

Wel jammer dat zijn helikopter uit elkaar is geknald. Daar had
hij net zo zijn best op gedaan. Hij slaat het boek open en begint te lezen, maar hij kan zijn aandacht slecht bij het verhaal
houden. Steeds denkt hij aan Wouter en de brief.

Een verrassing

'Jammer dat het alweer tijd is!' Tim loopt met Lindsey de gym-zaal uit.
Het is twee dagen later en hun klas heeft net trefbal gespeeld.
Lindsey haalt een pakje sap uit haar tas en neemt een slok.
'Mmm, lekker. Dat had ik even nodig. Weet je, ik vind gym echt het leukste vak dat we hebben.'
Tim knikt. 'Alleen zou de juf ons niet zo vaak trefbal moeten laten spelen. Voetballen is veel leuker!'
'Dat ben ik helemaal met je eens.' Lindsey mikt het lege pakje met een boog in de prullenbak. Ze stapt opzij omdat Samir er-aan komt.
'Sta je weer met je vriendje te smoezen?' plaagt hij.
'Tuurlijk!' antwoordt Lindsey. 'Ik vind Tim echt hartstikke leuk. Maar jou vind ik ook een schatje, hoor. Vooral als je haar zo leuk zit. Heb je er soms extra gel in gedaan?'
Als ze aan Samirs stekels wil voelen, rent hij er gauw vandoor. Tim volgt hem. 'Ga je mee, Lindsey?'
Ze schudt haar hoofd. 'Ik moet overblijven vandaag. Doei!'

Onderweg naar huis denkt Tim na over de woorden van Lind-sey. Zou ze hem echt leuk vinden? Ze lacht de laatste tijd wel vaak lief naar hem. En bij trefbal koos ze hem als eerste.
Als hij thuiskomt, is de tafel al gedekt. Tim is verbaasd. Zo vlug is zijn vader anders nooit. Meestal zit hij nog te werken achter zijn computer.

Tim pakt snel een stukje worst van het schaaltje en loopt naar de keuken om zijn handen te wassen.

'Was het leuk op school?' vraagt zijn vader.

'Bstwl.'

'Wat zeg je?'

Tim slikt de worst door. 'Best wel. Rekenen was niet moeilijk. En het laatste uurtje hadden we gym. O ja, vanmiddag moet ik mijn multomap meenemen.'

Tim wil naar zijn kamer lopen, maar zijn vader zegt dat ze eerst gaan eten.

'Nu al? We eten toch nooit zo vroeg?'

Dan ziet hij een envelop liggen. Midden op zijn bord. 'Wat is dit?'

Zijn vader lacht geheimzinnig. 'Jouw naam staat op de brief. Dus kijk zelf maar.'

Tim gaat zitten en maakt de envelop open. Er komt een papier tevoorschijn, vol getikte letters. En op een stippellijntje staat met blauwe inkt zijn naam ingevuld.

Vlug laat Tim zijn ogen over de regels gaan. Hij heeft geen zin om alles te lezen, maar één ding ziet hij meteen: dit is net zo'n brief als Wouter heeft gehad. En opgewonden stamelt hij: 'Ik... ik geloof dat ik óók ben uitgekozen!'

'Je meent het!'

'Lees zelf maar.' Tim geeft de brief aan zijn vader.

'Inderdaad,' zegt hij. 'Hier staat dat je mee mag doen aan een selectiewedstrijd voor het regioteam. Goed, zeg!'

'Yes!' Tim steekt zijn handen de lucht in. Hij voelt zich superblij. 'Maar pap, één ding snap ik niet. Waarom krijg ik nu pas die brief? Wouter had hem allang.'

Zijn vader bekijkt de envelop. 'Ik denk dat hij op het postkantoor is blijven liggen. Kijk, er staat een verkeerde postcode op.'

Tim ziet het ook. 'Nou ja, wat maakt het eigenlijk uit? Het belangrijkste is dat ik mee mag doen!'

'Dat vind ik ook,' zegt zijn vader lachend. 'Zo, die Tim! Meespelen bij de selectie. Dat was vroeger mijn droom.'

'Echt?'

Tims vader knikt. 'Maar ik had natuurlijk lang niet zoveel talent als jij.' Hij legt een boterham op Tims bord. 'Vergeet je niet te eten? Voetballers moeten sterk zijn, dus neem een extra boterham met kaas.'

Maar Tim denkt aan heel andere dingen. Hij propt twee sneetjes brood naar binnen, drinkt zijn glas melk leeg en pakt opnieuw de brief.

'Wanneer is die wedstrijd?' wil zijn vader weten.

'Volgende week woensdag al,' zegt Tim. 'Dan kan ik die dag dus niet gaan trainen. Zeg pap, je gaat toch wel mee?'

'Tuurlijk. Ik wil wel eens zien hoe het daar toegaat.'

Tim zucht opgelucht. Eigenlijk vindt hij het allemaal best heel spannend.

Opeens krijgt hij haast. Dit nieuws moet hij op school vertellen. 'Hé pap, ik ga weer, hoor. En mag die brief mee? Want anders geloven mijn vrienden me niet.'

Zijn vader glimlacht. 'Ga maar vlug.'

De wedstrijd

De dagen die volgen, kruipen voor Tims gevoel voorbij. Vaak denkt hij 's avonds in bed aan de selectiewedstrijd. Hoe zou het gaan? Zouden de andere jongens erg goed zijn? En zou er veel van hem worden verwacht?

Hij is blij dat Wouter meegaat. Die lijkt nooit ergens over in te zitten. Jammer genoeg zit hij niet bij hem op school.

Toen hij met de brief op het schoolplein kwam, had Samir het meteen in de gaten.

'Een brief!' had hij geroepen. 'Dat kan maar één ding beteke-
nen: Tim, onze superspits, is ontdekt!'
Ook Lindsey was heel blij voor hem geweest. Alleen Willem
had onaardig gedaan. Met open mond had hij Tim aange-
staard.
'Heeft die scout jou uitgekozen? Zo goed speelde jij die ene
keer toch niet?'
Tim was blij dat Lindsey hem te hulp kwam. Ze had lief haar
arm om zijn schouder gelegd en gezegd: 'Hij speelde in ieder
geval beter dan jij.'

Eindelijk is het de dag van de wedstrijd. Om half drie moet
Tim op het veld zijn. Maar lang voor die tijd begint hij zijn tas
al in te pakken.
'Mam!' roept hij vanuit de gang.
Zijn moeder komt ongerust kijken. 'Ben je alweer je schoenen
kwijt?'
'Nee. Ik zoek dat doosje met vet. Ik wil mijn schoenen ermee
insmeren. Dan zijn ze straks lekker soepel.'
Zijn moeder zoekt in de poetsmand en vindt gelukkig het
doosje vet.
IJverig gaat Tim aan de gang. Hij smeert zijn schoenen dit
keer extra goed in en laat ze mooi glimmen. Daarna heeft hij
nog behoorlijk wat tijd over. Daarom pakt hij zijn bal en schiet
die tegen het schuurtje. Meestal vindt zijn moeder dat niet
goed, maar vandaag zegt ze er niks van.
'Ben je zover?' vraagt zijn vader om twee uur.
'Jep.' Tim is blij dat ze gaan. Hij haalt zijn tas uit de gang en
stapt de auto in.
'Zet hem op, hè!' roept zijn moeder hem na.

Tim knikt zelfverzekerd. 'Wees niet bang. Ik zal ze daar laten zien wat ik kan!'

Maar hoe dichter ze bij het veld komen, hoe stiller hij wordt. Gelukkig ziet hij Wouter staan op de parkeerplaats.

'Ha die Tim!' Wouter legt joviaal een arm om Tims schouders. 'Daar gaan we dan. Op naar de top!'

Dat geeft Tim weer moed. Samen met zijn vader en Wouter loopt hij naar de kantine. Daar wacht de trainer hen op. Hij ziet er aardig uit en geeft de jongens een hand.

'Hoi. Ik ben Paul. Hoe heten jullie?'

'Wouter,' antwoordt Wouter. 'En hij heet Tim.'

De trainer schrijft hun namen op. Dan legt hij uit waar de kleedkamer is.

Aarzelend staan ze even later voor een blauwe deur. Daarachter klinkt een hoop herrie.

Tim stoot Wouter aan. 'Durf jij naar binnen?'

'Ikke wel.' Wouter duwt de deur open en Tim ziet een kleedkamer vol jongens. De meesten zijn zich nog aan het omkleden. Alleen een jongen met dreadlocks is al klaar. Hij staat boven op de bank en heeft veel praatjes.

'Yes! Weer twee kneuzen erbij!' roept hij als Tim en Wouter binnenkomen. 'Bij welke club spelen jullie?'

'Bij Blauw-Wit.'

'Blauw-Wit?' De jongen trekt zijn neus op. 'Ach man, daar kunnen ze helemaal niet voetballen!'

Er wordt hard gelachen.

'Je hebt gelijk, Danilo!' roept een andere jongen. 'Die twee kunnen volgens mij beter meteen naar huis gaan.'

Tim is blij als Wouter niet reageert. Dat heeft hij wel eens anders meegemaakt. Snel trekt hij hem mee naar een lege plek op de bank.

'Praatjesmakers,' hoort hij Wouter brommen.

'Zeg dat wel,' antwoordt Tim zacht. 'Let er maar niet op. Dat is het beste.' Hij ritst zijn tas open en kijkt intussen om zich heen. Naast hem zit een jongen met een grappig gezicht vol sproeten.

'Hoi,' zegt de jongen vriendelijk.

'Hoi.'

'Hoe heet jij?'

'Tim.'

'Ik ben Sjonnie. Op welke plek speel jij?'

'Spits,' antwoordt Tim verlegen. Dan haalt hij zijn sportbroek en T-shirt uit de tas en kleedt zich snel om.

Tien minuten later staan alle jongens op het veld. De trainer deelt oranje hesjes uit. Tim krijgt er een en Sjonnie ook.

'Mag ik ook zo'n hesje?' vraagt Wouter.

De trainer schudt zijn hoofd.

Tim is teleurgesteld. Hij vindt het jammer dat Wouter niet bij hem in het team komt. Nu speelt hij met allemaal jongens die hij niet kent.

Er is geen tijd om er iets aan te veranderen, want de trainer begint al met de warming-up.

Eerst doen ze loopoefeningen en daarna wordt er gerekt en gestrekt.

'Heel belangrijk om blessures te voorkomen,' legt Paul uit.

Tim zwaait gauw even naar zijn vader. Daarna doet hij weer actief mee.

'Alle spieren warm?' vraagt de trainer na een tijdje. 'Mooi! Dan is het nu tijd voor de oefenwedstrijd.'

'Is die scout er vandaag ook weer bij?' wil Sjonnie weten.
De trainer knikt. 'En samen zullen wij beslissen wie er door
mag naar de selectie.'
Danilo doet alsof hij keihard een bal raakt. 'Ik ga ervoor!' roept
hij zelfverzekerd.
'Ik ook,' roepen een paar anderen.
De trainer knikt tevreden. Dan haalt hij een lijst met namen
uit zijn zak en leest ze voor. 'Danilo, jij staat spits. Sjonnie
speelt achter. Tim staat mid-mid...'
Tim weet niet wat hij hoort. Wordt hij middenvelder? Dat klopt
helemaal niet. Op die positie staat hij anders nooit. Wat zal hij
doen?
Opeens stapt hij dapper op de trainer af. 'Paul, ik sta op de
verkeerde plek. Ik ben altijd spits.'

De trainer haalt zijn schouders op. 'Niks aan te doen. Vandaag sta je centraal op het middenveld. En je weet het: wie echt goed is, kan op elke positie spelen.'
En zonder verder op Tim te letten, gaat hij door met het opnoemen van de namen.

Vrije trap

Vijf minuten later fluit de scheidsrechter en wordt de aftrap genomen. Onwennig holt Tim over het veld. Hij is niet gewend op het middenveld te spelen. En hij vindt het helemaal niet leuk dat het andere team steeds de bal in bezit heeft.

Langs de zijlijn zijn intussen heel wat ouders komen kijken. 'Laat zien wat je kunt, Sjonnie!' wordt er geroepen. 'Geef die bal een knal.'

Tim ziet dat Sjonnie ervandoor sprint.

'Goed gedaan,' hoort Tim dezelfde man schreeuwen. 'Kom op. Naar voren met die bal!'

Heel even blijft Tim staan. Zou dat de vader van Sjonnie zijn die zo schreeuwt? Naast het doel ontdekt hij een man die veel op Sjonnie lijkt. En die ander, met dat blauwe petje? Zou dat de scout zijn? Hij is in ieder geval druk aan het schrijven.

Opeens voelt Tim een stoot tussen zijn ribben.

'Niet dromen, slome,' roept Danilo kwaad. 'Probeer die bal af te pakken. Je speelt hier niet bij de meisjes.'

Dat zou ik niet te hard zeggen, denkt Tim. Als je eens wist hoe goed Lindsey speelt... Toch zet hij het op een lopen. De tegenpartij heeft inderdaad weer de bal in bezit. Ze zijn gevaarlijk dicht bij het doel. Nog even en dan...

Gelukkig lukt het Sjonnie de bal te onderscheppen.

'Mooie actie!' roept Tim opgelucht. Hij trekt een sprintje en komt vrij te staan. Sjonnie speelt de bal aan en meteen schiet

Tim ervandoor. Maar een jongen van de tegenpartij maakt het hem behoorlijk lastig.

'Pak die bal af,' wordt er geroepen.

'Niks ervan,' bromt Tim. Hij weet de jongen te ontwijken.

'Goed gedaan!'

Tim herkent de stem van zijn vader. Dat geeft hem zelfvertrouwen. Hij kijkt niet op of om en rent met de bal zo hard hij kan naar voren.

Een doelpunt maken, dat is wat hij wil. Hij is niet voor niets spits bij Blauw-Wit.

Toch zit dezelfde jongen van zonet hem opnieuw dwars.

Weer lukt het Tim hem van zich af te schudden. De weg naar het doel is vrij. Hij wil uithalen...

Opeens wordt hij hard onderuitgehaald. 'Au!' Kreunend valt Tim op het veld. De tranen springen hem in de ogen. Niet alleen van pijn, maar ook van teleurstelling. Wat een rotstreek om hem zo te tackelen!

Gelukkig denkt de scheidsrechter er net zo over. Zijn fluitje snerpt voor een vrije trap. Tim zucht opgelucht.

'Gaat het?' Sjonnie helpt hem overeind.

Tim knikt dapper. Zijn enkel steekt behoorlijk. Hij doet zijn best het niet te laten merken.

'Wie neemt de vrije trap?' vraagt de scheidsrechter.

'Ik natuurlijk!' Tim pakt de bal. Nu zal hij laten zien wat hij kan.

'Muurtje,' wordt er vanuit het doel geroepen. 'Vier man graag!' Een paar jongens gaan klaarstaan.

'Handen voor je ballen,' roept iemand uit het publiek.

Tim wil zich niet laten afleiden, maar toch moet hij lachen. Rustig legt hij de bal neer en wacht tot de scheidsrechter fluit. Dan neemt hij een aanloop...

Zjoefff! De bal krult over het muurtje heen, zo de linkerkruising in. De keeper duikt, maar hij is kansloos. Het is één-nul.

'Yes!' Tim maakt dolgelukkig twee vuisten. Het is hem gelukt: de bal zit!

'Gaaf schot, man!' Sjonnie slaat blij tegen Tims handen.

Vanaf de lijn wordt geklapt.

'Yes!' juicht Tim weer. Hij voelt zich super. Zijn dag kan niet meer stuk.

Tot Danilo dreigend voor hem komt staan. 'Luister eens,' sist die. 'Misschien ben je het vergeten, maar ik sta hier spits. Dus vanaf nu ga ik die ballen erin knallen. Jij bent niet de enige die op wil vallen voor de selectie.'

Op wil vallen? Tim weet niet wat hij hoort. Dit was toch een kans? En een kans laat je nooit schieten! Dat heeft hij bij Blauw-Wit altijd gehoord. Veel tijd om erover na te denken heeft hij niet. Het spel gaat al verder.

Danilo

Tim kijkt rond of hij een klok ziet. Hoe lang moeten ze nog? Zijn enkel doet pijn, maar hij speelt fanatiek door. In de eerste helft moest hij erg wennen aan zijn positie op het veld. Nu voelt hij zich als een vis in het water.

'Kom op!' wordt er geschreeuwd vanaf de lijn. 'Naar dat doel met die bal!'

Ja, denkt Tim. Een doelpuntje zou leuk zijn. Het is al een tijd drie-drie.

Opeens weet Sjonnie een bal te onderscheppen.

'Speel over naar mij,' schreeuwt Tim. Hij zorgt dat hij vrij staat en neemt handig de bal aan. Snel dribbelt hij ermee weg. Zou het hem lukken om te scoren? Dan ziet hij dat Danilo naar het doel sprint.

'Hier die bal,' schreeuwt hij fanatiek.

Tim geeft een voorzet. Danilo springt op en geeft een kopbal, maar die vliegt over het doel heen.

Jammer, denkt Tim. Die bal had makkelijk onder de lat door gekund.

Twee minuten later is de wedstrijd afgelopen.

Tim ziet dat Paul met de man met het blauwe petje praat. Zouden ze nu al horen wie er door mag? Hij voelt opeens een vreemde kriebel in zijn maag.

Maar het enige wat Paul even later zegt, is: 'Bedankt, jongens! Jullie hebben goed gespeeld. Ga maar lekker douchen en binnenkort horen jullie van ons.'

31

Tim wacht op Wouter en samen lopen ze naar de kleedkamer.
'Jij speelde goed,' zegt Wouter.
'Vind je?' Tim haalt zijn schouders op. 'Ik heb wel eens beter gespeeld.'
'Ik was ook niet in topvorm.' Wouter laat zich zuchtend op de bank zakken.
Op dat moment komt Sjonnie de kleedkamer in. Hij ziet er bezweet uit. 'Poeh, wat heb ik het warm!' Hij schiet uit zijn voetbalkleren en verdwijnt onder de douche.
Tim is niet zo vlug. Hij rolt voorzichtig zijn kous omlaag en bekijkt zijn enkel. Die ziet er dik uit. Als hij daar maar geen last van krijgt...
Hij doet net zijn shirt uit, als Sjonnie alweer voor hem staat.
'Brrr, wat een koud water! Ze willen hier zeker niet dat je lang doucht.'
Wouter schiet in de lach. 'Ik zie dat je haast had. Je hebt zelfs nog sop in je haar.'
'Geeft niks. Krijg je krullen van.' Sjonnie grinnikt en haalt een handdoek uit zijn tas. Opeens ziet Tim een grote blauwe plek op zijn been. 'Zo, kreeg je een paar noppen tegen je aan?'
'Noppen?' Sjonnie kijkt hem verbaasd aan. 'Waar heb je het over?'
'Over die blauwe plek op je been.'
'O, dat.' Het lijkt of Sjonnie schrikt. 'Ja, iemand trapte me,' zegt hij vlug. En zonder zijn benen af te drogen, trekt hij zijn spijkerbroek aan.
'Je vergeet je onderbroek, man!'
Sjonnie krabt in zijn haar. 'Nou ja. Lekker luchtig, toch?'
Tim moet weer lachen. Hij vindt Sjonnie best aardig.
Als hij zelf onder de douche staat, merkt hij dat het water in-

derdaad nogal koud is. Toch knapt hij er ook van op. Hij doet
net shampoo in zijn haar, als Danilo naast hem komt staan.
'Ha die Timmie!' Zijn stem klinkt overdreven aardig.
De pets die Tim op zijn rug krijgt, voelt niet zo.
'Voortaan wel een betere voorzet geven, hoor!' Er volgt weer
een mep.
Tim keert zich kwaad om. Wat is die Danilo toch een pestkop.
'Hou je handen thuis, man. Die voorzet van mij was prima. Jij
reageerde zelf veel te laat.'
Danilo zegt niets meer.
Maar als Tim even later zijn haar uitspoelt, krijgt hij plotse-
ling een duw. 'Au!' Tims schouder komt hard tegen de kraan
aan. 'Wie deed dat?'

'O, sorry, hoor,' zegt Danilo. 'Ik zag je even niet. Moet je ook maar niet zo stom midden in de douche gaan staan.' En grijnzend loopt hij weg.

Tim zit met zijn vader in de auto. Doodmoe voelt hij zich, alsof hij drie zware wedstrijden heeft gespeeld. Toch laat hij het niet merken. Zijn vader zou teleurgesteld zijn. Hij weet al dat zijn reactie iets zou zijn als: 'Wie bij de selectie wil spelen, moet er vol voor gaan.' En dat is natuurlijk waar.
Ook tegen zijn moeder doet hij enthousiast.
'Hoe ging het?' vraagt ze als hij thuiskomt.
'Ja, goed. Lekker gevoetbald.' Tim zet zijn tas in de gang en gaat op de bank zitten.
'Wil je wat drinken?'
Tim knikt en voelt aan zijn enkel. Die steekt behoorlijk. Zou er een verband om moeten?
Hij besluit er niks over te zeggen, want zijn moeder is altijd zo gauw bezorgd. Hij pakt twee kussentjes en legt zijn voet erop. Zo ligt hij net lekker tv te kijken, als Lindsey en Samir binnenstormen.
'Hoi Tim!' roept Lindsey. 'Goed gespeeld?'
'Zo te zien wel.' Samir geeft Tim een por. 'Wat lig jij er lui bij, man. Dat past toch niet bij een topspeler! Laat mij liever even liggen. Ik heb net hard getraind.'
'Ja, hoe was de training?' Tim is blij dat hij zijn vrienden ziet.
'Leuk!' Lindsey ploft neer op de bank. 'We trainden samen met de jongens. Lachen was dat. Willem riep steeds dat meisjes niet kunnen voetballen. Ik heb hem even laten zien dat dat niet zo is!'
'Weet je wat ze deed?' Samir wijst naar Lindsey. 'Ze heeft

wel twee keer een bal tussen zijn benen door geschoten.'
'Meen je dat?'
Lindsey knikt en Tim ligt dubbel.
'Jammer dat ik er niet bij was.' Hij meent wat hij zegt. 'Ik had
dat gezicht van Willem wel eens willen zien.'
'Hoe was het bij jou?' wil Lindsey weten.
Tim vertelt over de wedstrijd, en over de vrije trap. Over Danilo
en zijn gepest zegt hij niks.
'En als je nou wordt uitgekozen?' vraagt Lindsey. 'Speel je dan
nooit meer bij Blauw-Wit?'
Tim haalt zijn schouders op. Daar heeft hij nog niet over na-
gedacht. Hij weet zelfs niet eens hoe vaak het selectieteam
gaat spelen. 'Ach, weet je,' zegt hij snel. 'Mij moeten ze daar
toch niet hebben. Ik blijf gewoon bij Blauw-Wit.'

Naar de selectie

Maar Tim vergist zich, want die zaterdag, na een thuiswed-
strijd van Blauw-Wit, neemt Cor hem apart. 'Goed gespeeld,
Tim. Twee mooie doelpunten gemaakt.'
Tim knikt tevreden. 'Het ging lekker vandaag. Ik was bang
voor mijn enkel, maar daar had ik gelukkig weinig last van.'
Hij zwaait naar Lindsey. Ze stond als altijd trouw langs de lijn.
'Kan ik je zo even spreken?' gaat Cor door.
'Tuurlijk.' Tim kleedt zich snel om en gaat naar de kantine.
Daar zit zijn vader net met Cor te praten. En opeens voelt Tim

weer die vreemde kriebel in zijn maag. Zou het soms over de selectie gaan? Hij loopt naar hen toe.

'Ha die Tim,' zegt Cor. 'Kom zitten.'

Gespannen pakt Tim een stoel.

Cor kijkt hem trots aan. 'Ik heb een leuk bericht voor je. De scout heeft me gisteren gebeld.'

Tim houdt zijn adem in.

'Hij heeft veel interesse in je. En daarom nodigt hij je uit te komen trainen bij het Groene Hart Team. Dat is een regioteam dat tegen teams uit andere regio's speelt.'

'Echt?' Langzaam dringt het tot Tim door. Hij voelt hoe zijn wangen gaan gloeien. Dan gooit hij zijn armen in de lucht. 'Yes! Ik mag door!'

Tims vader kijkt al net zo blij. 'Geweldig, joh!'

Cor zegt: 'De scout vond dat je goed speelde. Hij was vooral onder de indruk van je vrije trap.'

Tim glimlacht. 'Ja, dat was écht een goed schot. Daar had ik geluk mee. En Wouter? Gaat hij ook mee?'

'Die staat voorlopig op de reservelijst.'

Daar schrikt Tim wel van. 'Moet ik dus in mijn eentje naar dat nieuwe team?'

Cor knikt. 'Voorlopig mag je er twee keer per maand trainen. En natuurlijk is er ook af en toe een wedstrijd. Verder speel je gewoon bij ons. Gelukkig maar, want we willen je niet missen.'

'En ik jullie niet!' zegt Tim.

'Toch heb je wel kans dat je hierna voor een andere club wordt gevraagd,' gaat Cor door. 'Op spelers uit de selectie wordt altijd extra gelet.'

Tim haalt zijn schouders op. Daar wil hij voorlopig niet over nadenken. 'Wanneer moet ik beginnen?'

'Woensdag word je verwacht.'

Op dat moment komen Lindsey, Willem en Samir de kantine binnen. Ze lopen meteen op Tim af.

'Waarom kijk jij zo vrolijk?' vraagt Lindsey.

'Ik mag door naar de selectie,' antwoordt Tim.

'Tof man!' Samir meent wat hij zegt.

En Lindsey roept: 'Ik wist het wel. Goed, zeg.' En ze drukt vlug een kus op Tims wang.

'Haha, die Lindsey!' Willem moet hard lachen. 'Lindsey is op Ti-im. Lindsey is op Ti-im!' Hij maakt plagend een lange neus en loopt weg om snoep te kopen.

'Ben je niet blij voor Tim?' roept Lindsey hem na.

Willem antwoordt niet.

Eindelijk is het woensdag. Tims moeder brengt hem naar het veld. 'Heb je zin in de training?'

'Tuurlijk!' Tim knikt opgewekt. Toch maakt hij zich ook best een beetje zorgen. Hij is vooral benieuwd welke jongens er zullen zijn. Op die Danilo zit hij niet bepaald te wachten.

'Jammer dat Wouter er niet bij is,' gaat zijn moeder door.

'Zeker jammer.' Tim staart naar buiten. Zaterdag had hij Wouter niet meer gezien. Maar hij weet zeker dat die behoorlijk teleurgesteld is.

'Zal ik met je meegaan?' vraagt zijn moeder als ze op de parkeerplaats aankomen.

'Nee mam. Dat hoeft echt niet!' zegt Tims beslist. 'Ik weet heel goed waar ik moet zijn.'

Hij ziet zijn moeder al staan in de kleedkamer. Zou ze wel weten hoeveel herrie die jongens maken? En hoe brutaal sommigen zijn?

'Oké. Dan ga ik gauw nog even langs kantoor. En daarna kom ik bij de training kijken.'

Tim stapt snel uit. Stel je voor dat zijn moeder zich nog bedenkt. Maar de auto rijdt al weg.

'Hé Tim!' hoort hij dan.

Sjonnie komt aanscheuren op zijn fiets. 'Ben jij uitgekozen voor de selectie?'

Tim knikt en nu hij Sjonnie ziet, voelt hij zich opeens een stuk vrolijker.

'Cool man! Ik ook.' Sjonnie remt zo hard dat zijn remmen piepen.

'Woon je hier in de buurt?' wil Tim weten.

'Niet echt.' Sjonnie kijkt op zijn horloge. 'Als je het precies wilt weten: twintig minuten fietsen. Met wind mee.'

'Zo lang? En vindt je moeder het goed dat je dat hele stuk in je eentje fietst?'

'Moet je haar vragen.'

'Weet ze niet dat je hier bent?'

Sjonnie trekt onverschillig zijn schouders op. Tim begrijpt dat hij beter niks meer kan vragen.

Samen lopen de twee jongens het terrein op. Bij de kantine wacht Paul hen al op.

'Zo, mannen. Goed dat jullie er zijn. Ga je maar vast omkleden. Weet je de weg nog?'

Sjonnie knikt. 'Daar waar de meeste herrie vandaan komt, moeten we zijn.'

Tim grinnikt. Met die Sjonnie kun je lachen, dat weet hij zeker.

Maar bij de kleedkamers is het rustiger dan de vorige keer. Alleen één stem klinkt overal bovenuit. Dat is die van Danilo.

De training

'Timmie!' Zodra Tim de kleedkamer binnenstapt, heeft Danilo hem in de gaten. Hij staat weer boven op de bank en zwaait wild een handdoek in het rond. 'Niet te geloven. Hebben ze jou ook uitgekozen?'

Tim doet net of hij het niet hoort en steekt vrolijk zijn hand op. 'Hallo allemaal!' Dan gaat hij op de bank zitten en haalt rustig zijn spullen uit zijn tas.

Toch voelt hij zich helemaal niet zo rustig. Wat stom dat die Danilo er is. Zou hij iedere keer zo vervelend doen?

Hij schrikt als Danilo opeens van de bank springt. Wat zou er nu weer zijn? Maar dit keer heeft Danilo het op Sjonnie gemunt. Met grote stappen komt hij op hem af.

'Hé oentje. Hoe heet jij ook alweer?'

'Sproet,' antwoordt Sjonnie tot Tims verbazing.

'Sproet?' Danilo bekijkt Sjonnie van top tot teen. 'Inderdaad, die naam past wel bij je!'

Sjonnie knikt en trekt zo'n grappig gezicht dat iedereen om hem moet lachen.

Nu kan Danilo niet meer doorgaan met zijn getreiter. Verveeld gaat hij op de bank zitten.

Om de paar minuten kijkt hij op zijn horloge. 'Is het nou nog geen tijd?' hoort Tim hem mompelen.

Vijf minuten later komt Paul binnen. 'Zo mannen, daar zijn jullie dan. Heeft iedereen er zin in?'

'Ja!' roepen alle jongens.

'Jaaa,' gilt Danilo er hard bovenuit.

'Oké, naar het veld dan. De ballen liggen al klaar.'

Tim is de eerste die over het veld rent. Met de bal aan zijn voet vliegt hij ervandoor. Danilo probeert hem een paar keer in te halen, maar Tim verhoogt met gemak zijn snelheid. Het lijkt wel of zijn voeten het veld niet raken.

'Wow, jij kunt hard!' Sjonnie kijkt hem vol bewondering na.

Na tien minuten is iedereen uitgeraasd. Paul fluit en de warming-up begint.

'We werken in tweetallen,' legt Paul uit. 'Speel naar elkaar over en ga zo naar het doel. Schiet tot slot de bal in de handen van de keeper. Denk eraan: hou goed afstand en loop elkaar niet in de weg.'

Sjonnie tikt Tim op zijn schouder. 'Wij samen?'

Tim knikt en de twee jongens rennen ervandoor.

Hazziz, de keeper, staat al in het doel. 'Kom maar op met die ballen!' roept hij fanatiek.

De training vliegt voorbij. Paul eist veel en Tim vindt het behoorlijk pittig. Toch gaan de oefeningen hem goed af.
Tot zijn verbazing doet Danilo maar één keer flauw. Dat is bij het partijtje aan het eind van de training.
'Kom op, slome!' roept hij als Tim iets te lang aarzelt. 'Speel eens wat feller. We zitten hier niet in het ballenbad.'
Tim speelt de bal vlug over naar Sjonnie. Die kijkt niet goed om zich heen en schiet de bal precies in Danilo's maag.
'Au!' Danilo hapt naar adem en buigt krimpend van de pijn voorover.
Oei, denkt Tim. Nu zul je het krijgen. Danilo is vast woedend.
Sjonnie holt meteen naar hem toe. 'Sorry, hoor! Gaat het?'

Danilo knikt en zegt verder niks.

Tim is erg verbaasd. Wat is er met Danilo aan de hand? Komt dat omdat Paul staat te kijken, of is hij aardiger dan Tim dacht?

Na afloop van de training roept Paul de spelers bij zich. Hij kijkt tevreden. 'Nou jongens, dat ging al best goed. Jullie speelden goed samen en het partijtje ging aardig.'

Tim luistert aandachtig.

'De volgende keer werken we verder aan het spelinzicht,' gaat Paul verder. 'En ook de balbeheersing kan stukken beter. Maar... jullie inzet is prima, en dat is natuurlijk heel belangrijk.'

'Applaus!' roept Sjonnie. Hij klapt hard. Daarna veegt hij met zijn T-shirt het zweet van zijn voorhoofd. 'Tjonge, dat was hard werken!'

Paul glimlacht. 'Dat moet ook. Je hoort niet zomaar bij de selectie.'

'Wanneer trainen we weer?' wil Danilo weten.

'Over twee weken,' antwoordt Paul.

Tim groet de trainer en dan pas ziet hij zijn moeder staan. Snel rent hij naar haar toe. 'Hoi mam. Was je hier al lang?'

Zijn moeder knikt en legt haar hand op Tims rode wang. 'Lekker getraind?'

'Heel lekker. Het ging beter dan ik had verwacht.'

'Is dat je moeder?' Sjonnie komt naast Tim staan. Hij schudt beleefd haar hand en zegt hoe hij heet.

'Wow,' roept hij dan. Hij wijst naar de schoenen met hoge hakken van Tims moeder. 'Dat u daarop kunt lopen. Geef mij maar liever schoenen met noppen.'

Tims moeder schiet in de lach.

Maar voordat ze iets kan zeggen, rent Sjonnie alweer weg.
'Doei mevrouw! Ik ga douchen, hoor.'
Tim holt hem achterna.
In de kleedkamer staat Danilo in een hoekje met Hazziz te smoezen. Zodra hij Sjonnie ziet, stapt hij op hem af.
'Zeg Sproetenkop.' Zijn stem klinkt onaardig. 'Ik waarschuw je: ik hou niet van harde ballen in mijn maag. Dus voortaan wel beter uit je doppen kijken!'
'Ik deed het toch niet expres?' Sjonnie is duidelijk niet erg onder de indruk. Hij draait zich om en even later staat hij luid te zingen onder de douche.
Tim komt naast hem staan. 'Niet te koud?'

Sjonnie schudt zijn hoofd. 'Vandaag is het water prima op temperatuur.'

Hij knijpt douchegel op een natte spons en smeert zich ermee in. Op dat moment ziet Tim weer een blauwe plek, nu op Sjonnies arm. Daarna let hij er niet meer op, want Sjonnie knijpt nog meer gel uit de fles. Het schuim spat alle kanten op.

'Sop te koop!' roept Sjonnie schaterend. 'Wie wil er wat?'

Dat brengt de anderen op een idee en al snel vliegt het schuim de douche rond. Alleen Danilo vindt er niks aan.

'Kinderachtig gedoe!' hoort Tim hem mompelen. Hij fluistert iets in Hazziz' oor en samen verdwijnen ze naar de kleedkamer.

Op zoek

Tien minuten later kijkt Paul om het hoekje van het douchehok. 'Zijn jullie nou nog niet klaar?' Hij is boos als hij het schuim op de tegels ziet. 'Wat een kliederboel, zeg! Wie heeft dat gedaan?' Sjonnie steekt meteen zijn vinger op. 'Ik.'

'Dan zorg je ook dat het hier weer netjes wordt,' zegt Paul streng.

Tim spoelt snel het sop van zich af. Dan pakt hij zijn handdoek en helpt Sjonnie met het schoonmaken van de douche. Even later zitten zij nog als laatsten in de kleedkamer.

Grinnikend staart Sjonnie naar zijn druipnatte handdoek op de grond. 'Is die van jou nog droog?'

Tim schudt zijn hoofd. 'Ik gebruik mijn hemd maar als handdoek.'

'Goed idee,' zegt Sjonnie. 'Toch was dat geklieder met het schuim best geinig.' Als hij zijn kleren aanheeft, kijkt hij verbaasd om zich heen. 'Krijg nou wat! Waar zijn mijn schoenen? Ze stonden hier toch onder de bank?' Hij loopt zoekend rond, maar zijn schoenen zijn nergens te zien.

'Kijk eens in de wc,' stelt Tim voor.

Sjonnie trekt de deur open. 'Ook niet. Welke stommerd heeft ze nou verstopt?'

'Danilo natuurlijk,' roept Tim opeens. 'Of Hazziz. Zij gingen heel snel de douche uit.'

'Zou goed kunnen. Van hen kun je zoiets verwachten. En nu weet ik ook waarom ze me dit geintje hebben geflikt.'

'Waarom dan?'

'Omdat ik die bal in Danilo's maag schoot, natuurlijk.' Sjonnie loopt snel de andere kleedkamers in en zoekt daar verder. Maar zijn schoenen blijven spoorloos.

Met een sip gezicht gaat hij op de bank zitten. 'Wat doe ik nu? Mijn vader wordt woedend als ik zonder schoenen thuiskom.'

'Is je vader zo streng?' vraagt Tim voorzichtig.

Sjonnie zucht diep. 'Ja, soms wel. Dan gaat hij helemaal uit zijn dak.'

Tim merkt dat zijn vriend zich zorgen maakt. Dat verbaast hem, want hij dacht dat Sjonnie zich niet snel ergens iets van aantrok.

'Niet zo gauw opgeven,' troost hij. 'We hebben nog niet buiten gekeken.'

Even later port hij met een stok in een vuilnisbak naast de deur. Er ligt van alles in: lege chipszakjes, bekertjes, bananenschillen. 'Hebbes!' Trots haalt Tim een paar schoenen tevoorschijn. Sjonnie pakt ze blij aan.

Op dat moment hoort Tim zijn moeder roepen.

'Tim, waar blijf je? Ik heb geen uren de tijd! Kom je?' En op haar hoge hakken loopt ze in de richting van de auto.

Sjonnie trekt vlug zijn schoenen aan en loopt met Tim mee.

Op de parkeerplaats haalt hij een euro uit zijn zak. 'Hier.' Hij drukt het geld in Tims hand. 'Omdat je mijn schoenen hebt gevonden.'

'Doe niet zo gek.'

'Neem nou maar. Ik heb toch genoeg. Zien?'

Er komt nog meer geld uit Sjonnies zak. Ook een briefje van vijf.

'Hoe kom je daaraan?' vraagt Tim nieuwsgierig.

'Gehad. Van mijn vader. Voor ieder doelpunt dat ik maak, krijg ik geld.'

'Zo!' Tim grinnikt. 'Dat ga ik ook eens voorstellen. En die vijf euro was dan zeker voor een héél bijzonder schot?'

Sjonnie schudt zijn hoofd. 'Dat geld is om straks een patatje te kopen. Mijn vader is laat thuis vandaag.' Hij heeft intussen zijn fiets van het slot gehaald.

'En je moeder?' vraagt Tim. 'Is zij er ook niet?'

'Nee.'

Opeens ziet Tim een verdrietige blik in Sjonnies ogen. Maar voordat hij verder kan vragen, is Sjonnie al op zijn fiets gestapt. Snel rijdt hij weg.

Buitenspel

Al een paar keer heeft Tim met het nieuwe team getraind en vandaag moeten ze voor het eerst een wedstrijd spelen. De tegenstander is sterk. Dat heeft Paul al verteld.

'Zal ik meegaan?' had Lindsey de vorige dag in de klas gevraagd. 'Ik wil je wel eens zien spelen bij de selectie.'

'En anders ik wel,' had Samir geroepen.

Daarom gaan Tims vrienden nu mee. En zijn vader is natuurlijk ook van de partij.

'Kijk eens wat ik heb.' Lindsey zet haar fiets tegen de schuur en haalt een toeter uit haar tas. 'Die heb ik geleend van mijn buurjongen. Hij gaat vaak met zijn vader naar het stadion.'

'Zo, dat is een cool ding!' Samir bewondert de toeter. 'Laat mij die eens vasthouden.'

Twee tellen later klinkt er een hard getoeter door de straat.

'Goed, hè?' Lindsey lacht trots. 'Dus Tim, je weet het. Zodra je ons hoort, ga je meteen in de aanval!'

Tim belooft zijn best te doen. Dan kijkt hij op zijn horloge. 'Zullen we gaan, pap?'

Hij stopt zijn tas achter in de auto en laat zijn vrienden instappen. Hij is blij dat Lindsey in het midden van de bank zit. Nu zit hij gezellig naast haar.

'Heb je alles?' vraagt ze.

Tim knikt en hij noemt op wat er in zijn tas zit. Alleen een shirt is er niet bij. Dat krijgt hij straks.

'Wat voor kleur?' wil Samir weten.

'Ik geloof dat het groen is,' antwoordt Tim.

'Groen?' Lindsey trekt haar neus op. 'Ik vind blauw echt véél mooier!'

Als Tim haar verbaasd aankijkt, geeft ze hem vlug een knipoog. 'Grapje.'

Eigenlijk is Tim het diep in zijn hart met haar eens. Blauw is zijn lievelingskleur, én de kleur van zijn eerste voetbalshirt. Hij weet nog hoe trots hij was toen hij er voor het eerst in speelde.

Zijn vader start de auto en ze rijden naar het veld. Op de parkeerplaats is het behoorlijk druk.

'Ik ga wel vast, pap.' Tim stapt gehaast uit en holt naar de kantine.

Daar maakt Paul net de opstelling bekend. Dit keer staat Tim wel spits. Danilo speelt linksbuiten en Sjonnie is middenvelder.

'En vergeet één ding niet,' zegt Paul met nadruk. 'Dit is een heel belangrijke wedstrijd. We spelen tegen een ander regioteam. Ze spelen erg goed, dat heb ik jullie al eerder verteld.'

'Maar wij kunnen er ook wat van!' roept Sjonnie fanatiek.

Paul steekt zijn duim op. 'Zo mag ik het horen. Laat dus zien wat we de afgelopen weken geleerd hebben. Geef die tegenstander geen enkele kans!'

Er volgt een bespreking van de tactiek en Tim is behoorlijk onder de indruk. Nu pas merkt hij dat er heel wat van hen wordt verwacht.

Tot slot deelt Paul de nieuwe shirtjes uit.

'Welk nummer heb jij?' wil Sjonnie weten.

Tim laat zijn groene shirt zien. Er staat een grote tien op.

Danilo kijkt met een sip gezicht toe.

Als Tim de kantine uitloopt, hoort hij hem tegen Hazziz mopperen: 'Dat shirt met nummer tien had ik beter kunnen dragen. Wedden dat Paul spijt van zijn keuze krijgt!'

Een half uurtje later neemt Tim zijn plaats in op het veld. De spelers van het andere regioteam, de Oostvogels, komen er ook aan. Ze lijken erg zeker van hun zaak. Lachend lopen ze het gras op. Ze dragen blauwe shirts, met een witte streep erop.

'Kom maar op,' mompelt Danilo grimmig. 'Wij maken jullie in vandaag!'

Tim zegt niet veel. Hij is behoorlijk gespannen.

'Toet... toet...' klinkt het opeens.

Dat moet Lindsey zijn, denkt Tim. Hij probeert haar te ont-

dekken, maar er staan erg veel mensen langs de lijn. De tegenpartij heeft veel supporters meegebracht.

Dan klinkt het fluitje en de wedstrijd begint.

'Laat zien wat je kunt, jongens!' klinkt het meteen.

Tim herkent de stem van Sjonnies vader. Die moedigt weer
flink aan.

Het helpt weinig, want in de eerste helft speelt Tims team niet
echt goed. De spelers missen veel kansen en ze maken fout na
fout.

Al snel staat het nul-één.

Keeper Hazziz kijkt niet vrolijk.

En Tim mompelt: 'Oef, dat gaat niet goed.'

Lindsey denkt duidelijk hetzelfde, want ze begint enthousiast
te toeteren.

Dat helpt. Tim gaat er fel tegenaan en krijgt de bal te pakken.
Gehaast kijkt hij om zich heen. Wie staat er vrij?
Zonder erbij na te denken, schiet hij de bal naar een jongen in
een blauw shirt.
'Wat doe je nou, man?!' Danilo vliegt hem bijna aan, zo kwaad
is hij. 'Heb je soms gras in je ogen? Je ziet toch wel dat die
knul niet bij ons hoort!'
Tim schrikt erg. Wat een blunder heeft hij gemaakt! Het liefst
zou hij door de grond zakken. Weg van het veld, weg van alle
ogen die hem zien. Hij wil roepen dat hij zich vergiste omdat
zijn eigen club blauwe shirts draagt. Maar dan bedenkt hij dat
Danilo gelijk heeft. Het was hartstikke stom wat hij deed.
Gelukkig heeft zijn fout geen gevolgen. Toch is Tim blij als
Paul hem even later naar de kant haalt. Doodmoe zakt hij neer
in de dug-out.
'Gaat het?' Lindsey en Samir komen naar hem toe. Ze zeggen
gelukkig niks over zijn domme fout.

Tim schudt somber zijn hoofd. 'Die Oostvogels zijn erg sterk. En heel goed op elkaar ingespeeld. We komen er gewoon niet doorheen.'

Plotseling houdt hij zijn adem in. Ziet hij dat goed? Een van de tegenstanders rent keihard in de richting van het doel. Hij haalt uit en knalt de bal in het net.

De supporters van de Oostvogels juichen, maar Tim springt woedend op. 'Dat doelpunt telt niet,' gilt hij. 'Die speler stond buitenspel. Ik weet het zeker.'

Uit het publiek komt hetzelfde commentaar. Toch keurt de scheidsrechter het doelpunt goed. Het is nul-twee.

Tim zucht diep. 'Zo winnen we nooit. Die scheids is ontzettend partijdig.'

Samir is het met hem eens.

Dan horen ze rumoer langs de lijn. Het klinkt alsof er ruzie wordt gemaakt.

Tim ziet dat Sjonnies vader een paar mensen opzij duwt en met grote stappen het veld op loopt.

'Hé scheids,' schreeuwt Sjonnies vader kwaad. 'Dat doelpunt telt niet, hoor!'

'Pap!' Sjonnie schrikt duidelijk erg van zijn vader. Hij holt op hem af en probeert hem tegen te houden.

Maar zijn vader duwt hem opzij. 'Laat me gaan,' schreeuwt hij. 'Ik wil die scheids spreken. Die vent moet beter uit zijn doppen kijken.'

'Pap,' probeert Sjonnie weer. Hij trekt uit alle macht aan zijn vaders arm.

Tim weet niet wat hij zal doen. Moet hij Sjonnie helpen? Hij is blij als twee mannen het veld op komen. Ze pakken Sjonnies vader beet en nemen hem mee. Hij schreeuwt nog steeds.

Met hangende schouders staart Sjonnie zijn vader na. Hij ziet er zo triest uit dat Tim het liefst naar hem toe zou gaan. Maar de scheidsrechter fluit alweer. De wedstrijd gaat verder.

In de kantine

In de rust zit Sjonnie stil op de bank van de kleedkamer. Tim gaat naast hem zitten. Wat zal hij doen? Zou Sjonnie het over zijn vader willen hebben?

Danilo is hem voor. 'Hé Sproet,' roept hij brutaal. 'Wat was dat nou voor geschreeuw op het veld?'

Sjonnie antwoordt niet.

Tim haalt een banaan uit zijn tas. 'Ook een stuk?'

Sjonnie schudt verdrietig zijn hoofd. 'Nee, dank je.' Hij wacht tot Danilo het niet hoort en zegt zacht: 'Nu weet je dus hoe mijn vader is. Hij bedoelt het goed, maar hij wordt héél gauw boos.'

'Thuis ook?'

Sjonnie knikt. 'Ja, zo vaak.'

Tim schrikt en denkt opeens aan Sjonnies blauwe plekken. Toch durft hij niks te vragen. Op dat moment komt Paul binnen.

'Nu krijgen we het natuurlijk te horen,' mompelt Tim. 'Paul is vast erg ontevreden.'

Maar de trainer zegt: 'Oké mannen. De eerste helft ging niet geweldig, maar na de rust komen onze kanscn. Dat weet ik zeker.'

Danilo kreunt en Sjonnie zucht diep.

'Drink eerst maar thee met veel suiker,' moedigt Paul hen aan. 'Dat geeft energie.'

Als de thee op is, bespreekt hij rustig de tactiek. Zijn woorden helpen, want na de rust stormen de jongens het veld op.

Tim staat ook weer opgesteld. Al snel weet hij een bal het doel in te jagen. 'Ja, die zit!' juicht hij blij.

Vlak erna krijgt Danilo een kans. De Oostvogels worden nerveus en stormen hem achterna.

'Hier die bal!' roept een stevige jongen.

'Ja Jordi,' roept iemand vanaf de lijn. 'Pak af die bal!'

Danilo houdt de bal goed in bezit. Hij rent en rent...

Tot hij vlak voor het doel wordt getackeld. Woedend ligt hij op de mat. 'Sukkel!' schreeuwt hij kwaad en hij is duidelijk blij als de scheidsrechter fluit voor een vrije trap.

Hij wil de bal al pakken, maar plotseling roept Paul: 'Laat Tim die vrije trap maar nemen.'

Tim weet niet wat hij hoort. Moet hij die vrije trap nemen? De vorige keer had hij geluk, maar of dat nu weer zo is?

Hij ziet dat Danilo kwaad de neus van zijn schoen in het gras boort.

Nerveus loopt Tim naar de bal en legt die op het gras. Hij voelt hoe zijn hart begint te bonken. Hij voelt hoe iedereen naar hem kijkt. Opeens lijken zijn benen wel van pap. Het lukt hem vast niet te scoren. Die keeper is veel te goed.

Hij veegt het zweet van zijn voorhoofd en denkt: aan welke kant zal ik de bal erin schieten? In de linkerhoek? Of beter rechts?

'Toet... toet...' hoort hij dan.

Dat helpt. Tim haalt diep adem en neemt een aanloop. Nu zal hij laten zien wat hij kan. Niet alleen aan Lindsey, maar ook aan Danilo. Hij haalt uit, hij schiet...

Goal! Het is twee-twee.

'Yeahhh!' juicht Tim. Hij steekt dolgelukkig zijn armen de lucht in. Het is gelukt!

Hij wil zich omdraaien naar Lindsey, maar hij krijgt geen kans. Wel vijf jongens van het team vallen hem om de nek.

De rest van de wedstrijd blijft het spannend. Tim is erg blij als de scheidsrechter fluit. Het spel eindigt bij een stand van twee-twee. Tevreden loopt Tim dan ook het veld af. Zijn teamgenoten zijn net zo blij als hij.
Bij het doel staan zijn vrienden en zijn vader hem op te wachten.
'Goed gespeeld, Tim!' Samir slaat tegen zijn hand.
'En die vrije trap was super,' zegt Lindsey trots.
Op dat moment komt Sjonnie eraan. Bezorgd kijkt hij rond.
'Hebben jullie mijn vader gezien?'
'Volgens mij is hij al naar de kantine,' antwoordt Samir.

Sjonnie kijkt opgelucht.

'Ik denk dat wij daar ook vast heen gaan,' zegt Tims vader. 'Zie ik jullie zo?'

Tim en Sjonnie knikken en gaan gauw douchen.

Als ze een kwartiertje later de anderen opzoeken, stapt Lindsey meteen op hen af.

'Dat hebben jullie snel gedaan.'

Sjonnie wijst naar Tim. 'Hij was snel. Ikke niet. Maar weet je wat hij deed? Hij sleurde me gewoon de douche uit. Ach ja, je kunt je liefje niet laten wachten, hè?'

Tim krijgt een kleur en gaat gauw een paar flesjes cola halen. Lindsey loopt met hem mee.

'Hé Sjon!' wordt er dan geroepen. Het is Sjonnies vader. Hij zit in de hoek bier te drinken. 'Dat is hem nou,' zegt hij met luide stem tegen de man naast zich. 'Wat een kanjer, hè. Dat wordt later een echte prof.'

Tim ziet dat Sjonnie het helemaal niet leuk vindt wat er over hem wordt gezegd.

'Kom eens.' Sjonnies vader wenkt zijn zoon.

Sjonnie reageert niet. Hij pakt een stoel en gaat gauw naast Samir zitten.

Danilo is intussen ook binnengekomen. Toch doet hij lang niet zo stoer als anders, dat merkt Tim wel. Zou dat komen omdat hij de vrije trap niet mocht nemen?

'Geef mij maar een patatje speciaal,' zegt hij bij de bar.

Tim ziet wat er klaargemaakt wordt. Het is patat met mayonaise en ketchup.

'Doe mij ook maar een frietje,' zegt Jordi van de Oostvogels. Het is de jongen die Danilo tackelde.

'Sukkel,' bromt Danilo weer. Met een nors gezicht wacht hij tot de twee porties patat worden neergezet. Dan pakt Danilo gauw een potje sambal. Haastig mikt hij een klodder van het rode spul op de ketchup. Het is de portie die voor Jordi bedoeld is. Die merkt het niet, maar Tim ziet het wel.

Echt weer een streek van Danilo, denkt hij boos. Wat is dat joch toch een pestkop. Opeens krijgt Tim een plan. Als Danilo zich omdraait om een vorkje en een servet te pakken, verwisselt hij snel de bakjes patat.

'Waarom doe je dat?' vraagt Lindsey verbaasd.

'Vertel ik je straks wel,' antwoordt Tim zacht. En met de flesjes cola in zijn hand loopt hij grinnikend naar Sjonnie en Samir.

Hij schrikt als er iemand met een vuist op tafel slaat. Er valt een bierglas stuk. Doet Danilo dat?

Tim vergist zich. Het is Sjonnies vader.

'En toch...' roept die kwaad, 'toch was het buitenspel! Ik weet het zeker! Sjonnie, kom eens!'

Sjonnie trekt wit weg en reageert niet.

Tim stoot hem aan. 'Hoor je je vader niet?'

'Jawel, maar ik ga niet naar hem toe. Hij is dronken en daar heb ik geen zin in.'

'Dronken? Hoe weet je dat?'

'Dat hoor ik aan zijn stem. Vóór de wedstrijd had hij al een paar biertjes op. Daarom schreeuwt hij ook zo.'

Gelukkig wordt de ruzie snel bijgelegd. Toch blijft Sjonnie somber kijken.

Tim maakt zich zorgen om zijn vriend. Zou hij het thuis wel leuk hebben? Wie weet hoe vaak zijn vader zo doet als nu.

Lang kan Tim niet piekeren, want Danilo roept opeens: 'Gat-

sie. Wat is dit voor gore friet!' Zo snel als een raket schiet hij
naar de prullenbak. Daar spuugt hij zijn mond leeg.
Tim ligt dubbel van het lachen. Mooi, denkt hij tevreden. Dat
is je verdiende straf, flauwe pestkop!
'Waarom lach je zo?' wil Sjonnie weten.
Tim vertelt wat hij gedaan heeft.
'Prima wisseltruc.' Sjonnie steekt zijn duim op en kan geluk-
kig weer lachen.
'Wie heeft er zin om pannenkoeken te komen eten?' vraagt
Tims vader dan.
Dat hoeft hij geen twee keer te vragen.
'Wij!' roepen Tim, Lindsey en Samir in koor.
'Jij niet?' Tims vader kijkt naar Sjonnie.
'Ik weet niet of ik wel mee mag,' antwoordt hij zacht.
'Maak je geen zorgen. Dat regel ik wel.' Tims vader geeft Tim
de sleutel van de auto. 'Stappen jullie maar vast in. Ik kom zo.'

Sjonnie

Sjonnies vader vindt het gelukkig goed dat zijn zoon meegaat met Tim.

'Tof man!' roept Sjonnie blij. 'Kan ik eindelijk eens zien waar je woont.'

Lindsey en Samir mogen ook blijven eten. En terwijl Tims vader pannenkoeken bakt, gaan ze met elkaar nog even naar buiten.

'Balletje trappen?' stelt Tim voor.

Maar als hij zijn bal zo gauw niet ziet, wordt er besloten tikkertje te doen.

'Ik zal hem wel zijn,' roept Lindsey.

Sjonnie stuift meteen weg. 'Haha, die Lindsey. Mij krijg je vast niet te pakken!'

Daar vergist hij zich in, want Lindsey kan rennen als de beste. Snel haalt ze Sjonnie in. Hij probeert opzij te springen, maar Lindsey raakt zijn arm al aan. 'Tikkie. Jij bent hem!'

'Wow, jij kunt hard rennen.' Buiten adem leunt Sjonnie tegen een paal.

'Ik zit niet voor niets op voetbal,' legt Lindsey lachend uit.

'Speel jij ook bij Blauw-Wit?'

Lindsey knikt. 'Wist je dat niet? We hebben een heel goed meidenteam. Je moet maar eens komen kijken.'

Dat belooft Sjonnie en hij zet fanatiek de achtervolging in. Tot hij struikelt en languit op straat valt. Kreunend blijft hij liggen.

Bezorgd rent Tim naar hem toe. 'Gaat het?'

'Mijn knie,' steunt Sjonnie. Hij bijt op zijn lip van de pijn.

Tim helpt hem overeind. Hij schrikt als hij het grote gat in Sjonnies broek ziet. Zijn knie bloedt flink.

Leunend op Tim hinkt Sjonnie mee naar binnen. Daar ruikt het al heerlijk naar pannenkoeken.

'Mam!' roept Tim.

Zijn moeder komt de gang in. Ze snapt meteen wat er aan de hand is. 'Oei Sjonnie, gaat het?'

Sjonnie schudt zijn hoofd en de tranen springen hem in de ogen. 'Mijn broek,' snottert hij. 'Mijn broek is kapot. Zul je straks mijn vader horen...'

'Laten we eerst maar eens naar je knie kijken.' Tims moeder neemt Sjonnie mee naar boven. Daar verzorgt ze de wond. 'Zal ik je een broek van Tim geven?' vraagt ze dan. 'Je eigen broek is zo vies geworden, die kan je moeder beter eerst wassen en naaien.'

'Ik heb geen moeder.'

Tim weet niet wat hij hoort. Zou Sjonnie bedoelen dat zijn ouders gescheiden zijn? Net als tante Eef en oom Jos? Of zou zijn moeder...

Sjonnie geeft zelf het antwoord. 'Mijn moeder is dood.' Zijn stem klinkt verdrietig.

'Ach knul.' Tims moeder legt geschrokken haar arm om Sjonnie heen.

Tim gaat naast hem op het bed zitten. Opeens snapt hij waarom Sjonnie steeds zo vaag over zijn moeder deed. En zou zijn vader daarom vaak boos zijn?

Op dat moment komen Samir en Lindsey naar boven gestormd. 'Komen jullie eten? De pannenkoeken zijn klaar.'

'Mmm, dat smaakt lekker.' Sjonnie pakt zijn vijfde pannenkoek van de stapel.

Ook Tim en Samir eten goed.

'Jullie hebben honger!' zegt Lindsey lachend.

'Dat komt door het voetballen,' legt Tim uit. 'Vooral als je zulke zware wedstrijden speelt als wij.'

Sjonnie knikt. 'Ja, zwaar was het vandaag zeker. Het viel me mee dat het gelijkspel werd.' Hij maakt van stroop een grote tien op zijn pannenkoek. 'Maar... dat kwam natuurlijk door onze spits. Die nam opnieuw een prima vrije trap.'

Tim is blij dat Sjonnie weer zo vrolijk doet. Dat was een half uur geleden wel even anders.

'Zeg Tim,' zegt Samir opeens, 'hoe vaak moet je nog spelen bij de selectie? We missen je best bij Blauw-Wit.'

'We missen je zeker!' roept Lindsey uit.

Dat geeft Tim een warm gevoel. 'Er komt nog één keer een toernooi,' legt hij uit. 'En daarna besluit ik wat ik doe. Een grote club heeft ook interesse, dat is natuurlijk wel een eer.'

'Zo!' Samir is onder de indruk. 'Daar heb je niks over verteld.'

'Ik weet het nog niet zo lang,' legt Tim uit. 'Het is een club hier behoorlijk ver vandaan. Ik ga er eerst eens kijken.'

'Ik hoop dat het er niet leuk is,' roept Lindsey uit. Ze kijkt alsof ze het meent.

Na het eten gaan Lindsey en Samir naar huis en maakt Tims moeder de kapotte broek. Tim zit met Sjonnie op zijn kamer. Ze bouwen samen met het technisch lego.

'Vindt je vader het niet erg dat je langer wegblijft?' vraagt Tim.

'Welnee. Mijn vader ligt vast te slapen. Dat gebeurt altijd als hij te veel bier opheeft.'

'Is je vader dan vaker dronken?'

'Ja. Zo vaak. Het is begonnen nadat mijn moeder dood is gegaan. Maar maak je over mij geen zorgen. Ik vind het niet erg dat hij slaapt. Dan heb ik tenminste geen last van hem.'

Tim heeft medelijden met Sjonnie. Hij begint langzaam te begrijpen hoe het bij hem thuis is. Geen moeder meer; een vader die veel drinkt. En plotseling wil hij dat andere ook weten.

'Slaat je vader je wel eens?'

'Soms,' mompelt Sjonnie zacht. Hij staart droevig voor zich uit en gaat door met het lego.

Dan komt Tims moeder binnen. 'Kijk eens.' Ze laat een broek zonder gat zien.

'Fijn!' Sjonnie lacht opgelucht. Hij kleedt zich snel om en is weer de vrolijke Sjonnie. Net of er niks aan de hand is.

Intussen weet Tim wel beter. 'Jammer dat je niet dichterbij woont,' zegt hij opeens. 'Dan kon je vaker komen spelen.'
'We kunnen Sjonnie toch ophalen?' stelt zijn moeder voor.
Sjonnie knikt. 'Of ik ga mee nadat we het toernooi gespeeld hebben. Dat is ook al gauw.'
'Afgesproken!' zegt Tim blij.
Even later parkeert Tims vader de auto voor de flat waar Sjonnie woont. Met zijn drieën lopen ze naar binnen.
'Hier is het.' Sjonnie blijft staan voor een deur met vuil glas. Hij drukt hard op de bel.
Het duurt een tijdje voordat zijn vader opendoet. Hij ziet er slaperig uit.
Toch is hij blij dat Sjonnie er is, dat merkt Tim wel.
'Bedankt, hoor,' mompelt hij tegen Tims vader. Dan trekt hij Sjonnie de gang in.
'Dag Sjon!' roept Tim nog snel. 'Tot bij het toernooi, hè!'
Sjonnie steekt zijn duim op en de deur valt dicht.

Tims besluit

'Zijn we er allemaal?' Paul kijkt de kantine rond.
Daar zitten de jongens van het selectieteam voor de laatste keer bij elkaar om het slottoernooi te spelen. En volgend jaar zal er opnieuw een team worden samengesteld.
'Gaan we?' roept Danilo. Hij is net zo onrustig als altijd. Toch heeft hij lang niet meer zoveel praatjes. En als Paul vraagt wie er door gaat naar een andere club, steekt hij zijn vinger niet op.
Dat verbaast Tim niks. De laatste weken heeft hij gemerkt dat Danilo helemaal niet zo goed kan voetballen. Probeert hij dat met zijn gepest te verbergen?
'En jij, Tim,' wil Paul weten, 'weet jij al wat je gaat doen?'
Tim schudt zijn hoofd. 'Ik twijfel nog steeds heel erg.'
Danilo staart hem met open mond aan. 'Wil je niet ontdekt worden?'
Tim haalt zijn schouders op. Hij heeft weinig zin om uit te leggen hoe het zit. De andere club is ver van zijn huis. Te ver om er zelf heen te fietsen. En één ding weet hij inmiddels zeker: voetballen met zijn eigen vrienden is voor hem voorlopig heel belangrijk. Hij heeft ze dit seizoen behoorlijk gemist. Liever zou hij volgend jaar eerst weer met het regioteam mee willen spelen. Sjonnie zei pas ook al dat hem dat wel wat leek.
Bezorgd kijkt Tim naar de deur. Waar blijft Sjonnie toch?
Als Paul zegt dat ze zich moeten gaan omkleden, roept hij:
'Nee, wacht! Sjonnie is er nog niet.'

Paul knikt. 'Hij is afgemeld. Iets met een verhuizing of zo.'
Tim gelooft zijn oren niet. Gaat Sjonnie verhuizen? Daar weet
hij niks van. Er zou toch niks ergs aan de hand zijn? Met een
vervelend gevoel loopt hij met de anderen mee. In de kleedkamer blijft de plek naast hem leeg.

De eerste wedstrijd van het toernooi moet Tim er erg in komen. Hij mist Sjonnie en er schieten allerlei gedachten door zijn hoofd.

'Let op!' schreeuwt een jongen uit zijn team opeens. Hij geeft een prachtige voorzet.

Danilo springt meteen op. Tim is twee tellen later. Toch lukt het hem de bal het doel in te koppen.

'Goed zo, nummer tien,' wordt er vanaf de lijn geroepen. 'Klasse!'

Dat helpt, want daarna speelt Tim steeds beter.

Paul merkt het ook. 'Ga zo door, Tim!' moedigt hij aan.

Na een aantal partijtjes wordt het toernooi steeds spannender. Uiteindelijk eindigt Tims team op de tweede plaats.

Trots nemen de jongens aan het eind van de middag de zilveren beker in ontvangst.

'Verdiend,' zegt Paul tevreden. 'Jullie hebben heel goed gespeeld.'

Ze krijgen wat te drinken en daarna gaan ze met elkaar op de foto. Sjonnie is de enige van het team die ontbreekt.

Zal ik hem ooit nog eens zien? denkt Tim verdrietig.

Als de foto is genomen, pakt Danilo brutaal de beker van het gras. 'Hé Paul, wie mag hem als eerste mee? Ik toch zeker?'

Maar Paul schudt zijn hoofd en antwoordt: 'Tim mag de beker mee. Hij heeft vandaag laten zien dat hij heel wat kan.'

Trots loopt Tim de kleedkamer uit. De glimmende beker draagt hij onder zijn arm.

Zijn vader staat hem al op te wachten. Voor het eerst kon hij niet komen kijken. 'En? Hoe is het gegaan?' vraagt hij nieuwsgierig.

'We zijn tweede geworden,' roept Tim blij. 'Ik heb heel vaak gescoord. En kijk eens wat ik heb!'

Zijn vader bewondert de mooie beker. 'Goed, zeg! Die zal mooi staan op je kamer.' Dan kijkt hij verbaasd om zich heen. 'Zeg, waar is Sjonnie? Hij zou toch meegaan vandaag?'

Tim vertelt wat hij van Paul heeft gehoord.

'Moet hij verhuizen?' Tim hoort aan zijn vaders stem dat hij zich zorgen maakt.

Daarom haalt Tim gauw een briefje uit zijn zak. 'Dit is Sjonnies telefoonnummer, dat heb ik aan Paul gevraagd. Slim, hè. Als ik thuiskom, ga ik hem meteen bellen.'

De hele weg naar huis brandt het briefje in zijn zak.

Toch komt er van bellen niks, want als hij de auto uitstapt, rinkelt er een fietsbel. Het is Sjonnie.

Tim rent op hem af. 'Sjon!'

Sjonnie lacht vrolijk. 'Ha die Tim. Goed gevoetbald?'
Tim knikt. Maar eigenlijk denkt hij niet meer aan het toer-
nooi. En zelfs niet aan de zilveren beker. Hij is alleen be-
nieuwd naar wat zijn vriend te vertellen heeft. 'Waar was je
nou?'
'Ik moest verhuizen,' legt Sjonnie uit.
'Gaat het zo slecht met je vader?'
Sjonnie knikt. 'Hij dronk steeds meer en soms lag hij de hele
dag in bed. Gelukkig snapt hij zelf dat hij zo niet door kan
gaan. Nu gaat hij afkicken en daarom mag ik voorlopig bij
mijn tante wonen.'
'Vind je dat leuk?' vraagt Tim voorzichtig.
'Heel leuk.'
Tim merkt dat Sjonnie het meent.
'Ze is de zus van mijn moeder en ze is heel lief. Maar weet je
wat ook gaaf is?' Sjonnie lijkt te stralen.
'Nou?'
'Mijn tante woont hier in de buurt. En daarom... kom ik voet-
ballen bij jouw club.'
'Bij Blauw-Wit?' Tim is niet meer te houden. 'Yes! Dat is leuk!'
En opeens staat zijn besluit vast. Hij weet het heel zeker. Hij
blijft voorlopig voetballen bij Blauw-Wit.